DISNEY · PIXAR
LE MONDE DE NEMO

hachette
JEUNESSE

Nemo est un poisson-clown. Il est très curieux et aimerait explorer l'océan, mais son père, Marin, refuse : c'est bien trop dangereux !
Un jour pourtant, Nemo désobéit et s'approche d'un bateau qui flotte. Tout à coup, un plongeur surgit derrière lui et le capture !

Marin est désespéré. Heureusement, il rencontre Dory, un poisson aux écailles bleues et jaunes qui lui propose de l'aider à retrouver son fils.

Peu après, Marin trouve le masque du plongeur qui a enlevé Nemo. Il est tombé du bateau de plongée, au moment du démarrage.

Bien loin de là, Nemo se retrouve à Sydney, dans l'aquarium d'un dentiste. Il fait connaissance avec de nouveaux compagnons.

Hélas ! Nemo apprend qu'il sera le cadeau d'anniversaire de l'affreuse petite-nièce du dentiste, une fillette qui terrorise les poissons !

Pendant ce temps, Marin et Dory essaient de lire les inscriptions du masque, grâce à l'antenne lumineuse d'une monstrueuse lotte de mer.

– P. Sherman, 42, Wallaby Way, Sydney! déchiffre Dory.

Puis un banc de poissons-lunes leur indique la direction de Sydney en formant une flèche géante.

Mais en chemin, Marin et Dory sont soudain engloutis par une énorme baleine. Celle-ci gronde, hoquette, puis finit par expulser l'eau qu'elle a dans la gorge. Marin et Dory sont projetés en plein milieu du port de Sydney.

De son côté, Nemo a trouvé une ruse pour s'échapper : il se fait passer pour mort afin d'être jeté dans le lavabo.

Ainsi, Nemo nage dans le tuyau d'évacuation et se retrouve libre dans l'océan !

Dory et Marin retrouvent enfin le petit Nemo. Fier du courage de son fils, Marin le serre dans ses nageoires.

– Je t'aime, Papa, murmure Nemo. J'ai compris beaucoup de choses dans cette aventure. Je promets de ne plus jamais te désobéir!

Pour l'éditeur, le principe est d'utiliser des papiers composés de fibres naturelles,renouvelables, recyclables et fabriqués à partir de bois issus de forêts qui adoptent un système d'aménagement durable. En outre, l'éditeur attend de ses fournisseurs de papierqu'ils s'inscrivent dans une démarche de certification environnementale reconnue.

Édité par Hachette Livre - 43 quai de Grenelle, 75905 Paris CEDEX 15
Imprimé par Orymu en Espagne – Achevé d'imprimer : mai 2013 - ISBN 978-2-01-462880-7 – Édition : 10 – Dépôt légal : mai 2013
Loi n 49-956 du 16 juillet 1949 sur les publications destinées à la jeunesse.

Pour tout renseignement concernant nos parutions, nous contacter par téléphone au 01 43 92 38 88 ou par e-mail : disney@hachette-livre.fr